생강밭에서

놀다가 해가 진다

생강밭에서
놀다가 해가 진다

서와

상추쌈

시인의 말

스물한 살, 합천군 가회면에 이사 와서 마을 어르신들을 만날 때마다 들은 말이 있어요. 공부 열심히 해서 얼른 큰 도시로 나가라고요. 그때마다 "저한테는 농사가 공부예요." 하고 말했어요. 그렇게 일곱 해가 지나고 나니 저에게 도시로 가라는 말은 하지 않아요. 이제는 올해 무얼 심었는지, 잘 자라고 있는지, 고구마 종자는 어디서 샀는지 물어보시기도 해요.

내 삶을 채우고, 나를 살아 있게 하는 것이 저에게는 농사였어요. 풀을 매다가 하늘을 올려다보면 서로 다른 모양으로 흘러가는 구름이 그렇게 예뻐요. 날마다 보는 하늘을 아름답게 볼 수 있는 사람이 되었다는 것이 고맙고 기뻐요.

농부가 되고 작은 생명을 바라보는 눈이 생겼어요. 그 눈으로 삶을 들여다보니 시에 담기는 이야기가 달라졌어요. 농사를 짓다 보면 고단하고, 쓸쓸한 날도 있어요. 하지만 농부로 살면서 배우게 돼요. 햇살 좋은 날도, 눈이 내리는 날도, 태풍이 몰아치는 날도 있다는 것을요. 그 모든 날들이 어울려 삶이 된다는 것을요.

농사를 지으며 틈틈이 써 온 시를 정리해 엮었어요. 저처럼 그 모든 날을 견디며 살아가는 청년들과, 또 농부로 살아가는 모든 여성들과, 작지만 아름다운 것을 간직하고 살아가는 분들에게 이 시집을 드리고 싶어요.

별빛 내리는 가을 밤에

서와 드림

차례

2부 하던 일 멈추고 바라본다

3부 생강밭에 멧돼지가 다녀간 날

1부

수수밭은 내 마음 같아

오늘부터

나는 쓸모 있는 사람보다

오늘 본 밤하늘을

쓸 수 있는 사람이 되기로 했다

경칩

삼태기에 소거름을 담아
축축축축
감자밭에 뿌립니다

푹푹 날리는 흙먼지에
흙손으로 얼굴을 닦으며
숨을 내뱉습니다

밭에 다녀와 팽!
코를 풀면
소똥 냄새 밴
까만 콧물이 나옵니다

콧물 따라
하루가 빠져나갑니다

월요병과 가뭄병

회사에 다니니까 말이야
월요일 아침부터
금요일만 기다리게 되더라
농부는 월요병 같은 거 없지?

농사를 지으니까 말이야
비 오는 날이 일요일이야
그런데 요즘 하늘이 쉬는 날을 안 주네
회사원은 가뭄병 같은 거 없지?

수수밭

수수밭이라고 수수만 사나
몸에 좋고 맛도 좋은 쑥도 살고
내 팔뚝 따갑게 스치는 환삼덩굴도 살고
지구 저편까지 뿌리내린 쇠뜨기도 살지

수수밭이라고 수수만 자라나
온갖 들풀 씨앗이 내려앉아
수수보다 더 빨리 더 깊게
자라 버리는걸

수수밭은 내 마음 같아
키우고 싶은 것만
키울 수 없는 마음 같아

생강밭에서

투수 김수연 선수
술방울을 야무지게 쥡니다
타자 정구륜 선수
날카로운 눈빛으로
괭이자루를 부웅부웅 돌리고 있습니다
김수연 선수 던졌습니다
정구륜 선수우
호오오옴런!

청년 농부들
함께 일하는 날에는
놀다가 해가 진다

시인

거름을 뿌리고
이랑을 내고
씨앗을 심고
물을 주고
김을 매고
웃거름을 넣고
북을 주고

산골 마을에서 여섯 해째
농사짓는 나는
몸으로 시를 짓고 삽니다

여기는 감자 시, 상추 시
저기는 생강 시, 고추 시

한 자 한 자
몸으로 지은 시에
마음이 따뜻해지면

새싹이 쑤욱 자라납니다.

가을맞이

머리가 더벅해서
미용실 가야겠네

맞아요
그런데 콩이라도 팔아야
미용실 가지요

콩은 한참 더 있어야 하니까
참깨 털어서 가면 되지

가물어서 참깨가 많이 죽었어요
우리 먹을 것밖에 없어요

생강은?

너무 더워 말라 죽고
그나마 살아 있는 것도 비실비실
생강 병동이 따로 없다니까요

아이고야

그러면 고구마는?

수수 심는 날

모종판 위에서
손이 두리번두리번
튼튼하게 잘 자란 모종만 뽑아낸다

키 작고 약한 수수만 남아서
호미로 탁탁 모종판을 터는데
아무리 치고 흔들어도
모종판을 붙잡고 끈질기게 버틴다

이런 법이 어디 있어?
작고 약해 보인다고
한 번 심어 보지도 않고!

수수가 나를 쳐다보고 말한다
살아 있다고
살아 있다고

게으름이 피는 날

하루 내내 비 온다 해 놓고
구름은 둥실
비는 감감

밭에 갈까 말까
밭에 갈까 말까
자꾸 창밖을 내다보는 날

문자

봄볕에 감자밭 북을 주는데
봄날 샘한테 문자가 왔다

예슬아, 땀 흘려 일하는 사람이 글을 써야
세상이 참되게 바뀐단다

괜스레 이마에 땀을 스윽 닦아 보고
굳은살 배인 내 손 한 번 들여다본다
어느새 마음이 뻐근하게 차오른다

안부

여기저기 흩어진 친구들이
신촌 골목길 작은 맥줏집에 모였다

진짜 오랜만이네
서울까지 무슨 일이야
지금 농사일 안 바빠?

봄인데 바쁘지
그래도 친구 얼굴 보러 왔지

친구들과 이야기 나누다 보니
열 시
열한 시
열두 시
지하철이 끊긴 줄도 몰랐다

야, 산골 촌놈이 서울까지 왔으면
한 이틀 놀다 가지. 내일 말고 모레 가라

아이다, 모레 비 와서 감자 심어야 한다
농사는 다 때가 있다 아이가

와, 진짜 농부 다 됐네
감자 잘 심고, 감자 캘 때 전화하고

알았다. 밥이 보약이라더라
끼니 거르지 말고 밥 잘 챙겨 먹고 댕기라

새벽 다섯 시, 첫차 다닐 때가 돼서야
아쉬운 인사를 나눈다

이름표

삭삭삭 모종판에 상토를 깔고
똑똑똑 구멍마다 팥 한 알씩 넣고
슬슬슬 상토를 덮었다

팥 나오면 겨우내 가려서
팥죽 끓여 먹으려고
모종판에 '팥죽'이라고 이름표를 붙였다

팥이 빠끔 고개를 내민 날
아차
얼른 이름표를 뗐다

넌 팥죽이 돼야 해!
내 멋대로 정해 버린 것 같아서

청춘

가뭄에 죽을힘 다해 뿌리를 내렸는데
자란다고 온 힘을 다했는데
부지런히 산다고 살았는데

벌레한테 갉아 먹혀
잎맥만 앙상히 남은 무 이파리

농사 공부

키 큰 옥수수는 그늘을 지우니까
밭 가에 심어야지
토마토, 가지, 고추는 같은 과 작물이라
해마다 다른 자리에 심어야 해
호박을 여기 심으면
넝쿨이 자라 다른 작물들 사이에 엉키겠지

밭 지도를 그리는데
어휴, 생각할 게 너무 많아

공부 못하면
촌구석에서 농사나 짓는다는 말
그냥 흘려들었는데

농사지어 보니
농부, 아무나 하는 게 아닌걸

공중파와 땅파

농사를 짓다 보면
감자랑 고구마랑 양파 말고도
노래랑 시가 덤으로 나와요

밭에서 지은 노래에서는
흙, 풀, 바람, 햇살이 주인공이에요

덤으로 얻은 건 나누어야 하니까
동생 수연이와 이따금씩
마을 장터나 도시에서 공연을 해요

평사리 들판에서 공연하던 날
우리 노래를 들은 사람이
공중파 방송에서도 볼 수 있으면 좋겠어요
하는 거예요

나도 모르게 불쑥 말이 튀어나왔어요
저희는 공중파 아니고 땅파예요

밭에서 땅을 파야 먹고살 게 나오거든요
노래도 나오고요!

농사짓다 보면 알 수 있어요
나도, 우리 노래도
밭에서 자란다는걸

1등급

수능 시험 1등급 받으려면
영어를 한 문제도 틀리면 안 된다
딱 한 문제라도 틀리면
바로 2등급이다

농사지은 콩도 1등급 받으려면
벌레 먹은 자국 한 점도 없어야 한다
딱 한 점이라도 있으면
바로 2등급이다

주머니

주인 있음
함부로 밤 주워 가지 마시오
주워 가다 들키면 신고하겠음!

산밭에서 집으로 돌아오는 길
표지판을 보고 뜨끔했다

불룩한 주머니에 두 손을 비집어 넣고
만지작만지작

시

자연도 농부도
겨울잠을 자고

시도 겨울잠을 자는지
도무지 찾아올 줄 모르고

소박한 인사

온 동네 누비고 다녀도
싫은 소리 하나 없는
두 다리가 고맙다

굳은살 단단히 차올라도
야무지게 호미 쥔
내 손이 고맙다

날마다 하늘을 바라보아도
지루하다 투정 않는
내 눈이 고맙다

고마운 것이다
그냥
고마운 것이다

별은 똑같이 빛나고

집도 빌려 살고
밭도 빌려 짓고

그래도
풀 매며 듣는 새소리 좋고
더우면 참방참방 골짝 물에 발 담그고
"묵고 가."
떡 내미는 할머니 손 정겹고

남 땅에 누워 보나
내 땅에 누워 보나
별은 똑같이 빛나고

바다 고래

고래 보러 갈래?
바다에 가도 고래는 보기 어렵다고?
그래도 괜찮아
사실 고래는 내 안에 살고 있거든
바다로
이 고래를 풀어 줄 수 있는 바다로
가기만 하면 돼

2부

하던 일 멈추고 바라본다

안골 할머니

풀 매고 오나? 아이고, 농사질라면 고생이다. 고마 도
시 좋은 데 살지, 뭐 할라꼬 이 골짝에 와가 사서 고생이
고. 그래도 여기가 물이랑 공기는 참 좋다이가.

물 좋고, 공기 좋아야 일할 맛 나고, 살맛도 나는 기
라. 그라고 보면 좋고, 나쁜 데가 어데 따로 있겠노. 어
불리가 정붙이고 살모 거기가 좋은 데지. 안 글나?

개구리는 다 안다

예슬아, 개구리다!
온몸이 흙투성인 것 보니까
막 겨울잠 자고 일어났는갑다

봄날 샘, 이 개구리 어떡해요
물가에 놔줄까요?
아니면 물속에 넣어 줄까요?

예슬아, 그냥 풀숲 아무 데나 놔줘라
누가 안 가르쳐 주어도
개구리는 지가 우째 살아야 하는지 다 안다

여자라서

옹기를 만들고 싶다고?
여자는 힘들어

한옥을 짓고 싶다고?
여자가 무슨

농사를 짓고 싶다고?
여자 혼자는 어림없어

내가 하고 싶은 일은
여자라서
여자라서
안 되는 게 참 많았습니다

그러다 열두 해째 혼자 농사짓는
은실 이모를 만났습니다.
무거운 포대도 번쩍번쩍
힘든 삽질도 푹 푹 푹

여자라서 안 된다는 그 말
한 삽 한 삽 뒤엎으며

나는 여섯 해째 농사짓고 삽니다

버팀목

기후변화에서 기후 위기로
지구온난화에서 지구 가열화로
온 세계가 흔들흔들 시끌벅적한데

수수는 익고
벼는 고개를 숙이고
고구마는 영글고
가을걷이로 바쁜 농부들은
숨 돌릴 틈조차 없습니다
해가 뉘엿뉘엿
산밭에 둘러앉은 농부들이
술잔을 기울이다가
한마디 툭 내뱉습니다

우리마저 기울면 끝장 아이가

산골 아이 구륜이

제주 올레길 걷다가
소 세 마리를 만났습니다

우와 소다!
소 보니까 소고기 먹고 싶다

한 꼬마 말에 흠칫 놀란 구륜이는
귀에 대고 소곤소곤 이야기합니다

소한테 그런 말 하지 마
다 알아듣는단 말이야

그것이 문제로다

덴마크의 왕자 햄릿이 말했다
죽느냐 사느냐 그것이 문제로다

산골 농부 아버지가 말했다
고추밭 울타리를 먼저 치느냐
마늘밭 풀을 먼저 매느냐 그것이 문제로다

귀한 값

이른 저녁부터 밤늦도록
온 식구가 둘러앉아
고구마 줄기 껍질을 벗겼습니다

해 뜨면 널었다
해 지면 걷었다
며칠을 꼬박 말렸습니다

바싹 마른 고구마 줄기
봉지에 담아 보니
애개? 이걸 팔어 말어?

이런저런 생각을 하다가
나무실 마을 사는 천사 이모에게
고구마 줄기 한 봉지 드렸습니다

아이고, 이만큼 말릴라 카모
고구마 줄기를 얼마나 많이 까야 하노

이래 귀한 거를 받아도 되나?

아버지

한창 밭일을 하다가
아버지와 눈이 마주치면
아버지가 슬며시 웃는다

책가방도 아니고
명품 백도 아니고
액비통 메고 가는
스물세 살 딸내미

아버지는 한 번씩
하던 일 멈추고
가만가만 나를 바라본다

산티아고 순례 길에서

산티아고 순례를 하다가 엄마한테 문자 한 통을 받았
다.

어제 할머니가 돌아가셨어.

그 문자를 받자마자 나는 할머니를 떠나보낸 엄마 걱
정이 더 앞섰다. 무슨 생각을 그리 했는지 다른 날보다
6킬로미터나 더 걸었다. 가까운 숙소를 찾아 저녁도 먹
지 않고 침대에 누웠다. 고된 몸을 이리저리 뒤척이다가
창문 너머 밤하늘을 가만히 올려 보았다. 오늘따라 별들
은 왜 그리 반짝이는지. 눈가에 맺혀 있던 별빛이 자꾸
만 뚝뚝 조그만 창문으로 떨어져 내렸다.

환한 꽃

안에 떡도 있고 사과도 있으니께
다 묵고 가아

추운 겨울날
길 지나는 낯선 젊은이에게
몸 녹일 차와
배 채울 고구마를 내어 주시는
할머니 얼굴에
환한 꽃이 피었습니다

내 마음이 툭

진주 혁신도시
롯데시네마에서
아가씨가 손을 씻고
훌훌훌 휴지를 뽑더니
슬슬슬 손을 닦고
둘둘둘 대충 말아
쓰레기통에
툭

스무 살 트럭

스무 살 수연이는
이제 한창이라는데
스무 살 우리 짐차는
달달달달 달달달달

이노무 짐차, 빨리 바꾸등가 해야지

짐차 값이 말처럼 만만치 않아
오늘도 낡은 짐차 타고
땔감 하러 가는 아버지 옆자리에
온 식구 걱정이 같이 탔다

봄날 샘

예슬아, 사람을 단단하게 하는 건
가난이란다
가난해야 물건 함부로 쓰지 못하고
가난해야 먹을 것 함부로 버리지 못하고
가난해야 농사짓는 사람 귀한 줄을 알고
가난해야 소중한 게 무언 줄 알지
얼마나 다행이야?
우리가 부자가 아니라는 게 말이야

3부

생강밭에 멧돼지가 다녀간 날

참깨 심는 날

쪼그려 앉았다
일어났다
쪼그려 앉았다
일어났다

무릎이 신경질 났는지
바지를 부우욱 찢고 나온다

야, 내 힘든 거 안 보이나?

친절한 양파 씨

오늘은
양파 캐는 날

눈 뜨자마자
아침도 먹지 않고
물이랑 새참 챙겨
양파밭에 왔다

양파가 고개를 빼꼼빼꼼 내밀고
생긋생긋 나를 기다리고 있다
친절한 양파 씨

폭염

벌써 몇 주째
비 한 방울
바람 한 점
없습니다

선풍기 바람이라도
쐬어 주고 싶은데
산밭에 심어 놓은 감자는
집에 데리고 올 수 없어
나 혼자 얼음물을
벌컥벌컥 들이켭니다

가을걷이

숨 돌릴 틈 없이
후다닥 베어 버린 수수

저도 자란다
고생했을 텐데

애썼다 고맙다
말 한마디 못 하고

농부와 두더지

농부는 속상해서
두더지 놈들 고구마밭 다 뒤집어 놨네!

두더지는 신이 나서
누가 우리 집에 고구마를 가져다 뒀지?

모두 꽃

모두가 예쁘다 하는 꽃이 있고
누구나 예쁘다 하는 꽃도 있다

누구나 아는 꽃이 있고
아무나 모르는 꽃도 있다

첫눈에 보이는 꽃이 있고
어쩌다 보이는 꽃도 있다

오래된 뉴스

태풍 볼라벤이 휘몰아쳤을 때
한 해 농사 몽땅 날아가 버린 농부가
아홉 시 뉴스에 나와 말했다

속상혀도 어쩌겠어요
하늘이 허는 일인데……

생강밭에 멧돼지가 다녀간 날
뭉개진 두둑 앞에서 문득
오래된 뉴스가 떠올랐다

속상혀도 어쩌겠어요
하늘이 허는 일인데……

심지 않아도

지난해
토마토 떨어진 자리
토마토 새싹

지난해
수수 털었던 자리
수수 새싹

지난해
볏짚 깐 자리
벼 새싹

녹두 터는 날

막대기로
탁 탁 탁

까만 녹두 깍지가
톡 톡 톡

연둣빛 녹두가
통 통 통

신기한 텃밭

입이 심심할 때
토마토 스윽 닦아 먹고

입맛이 없을 때
달달한 호박죽 끓여 먹고

입가심할 때
오디 한 줌 따 먹고

추적추적 비 내릴 때
부추전 부쳐 먹고

문득 할머니 생각날 때
애호박 따서 된장찌개 끓여 먹고

농사철

아침 먹고 감자밭에 가는데
우리 집 강아지 느루가
애앵 애앵
점심 먹고 고구마밭에 가는데
또 애앵 애애앵

느루야, 안 돼
풀어 주면 밭에 따라올 거잖아
밭에서 막 뛰어다닐 거잖아

뉘엿뉘엿 해가 저물어 갈 즈음
저녁 먹으러 집으로 왔는데
깨애앵 깨애앵

그때서야 생각이 번쩍
아, 느루 밥!
미안······
배고프다고 말을 하지

생강 농사

병든 생강을 뽑아도 뽑아도 끝이 없다
올해는 생강이 와 이래 자꾸 죽노
너거 집 생강은 안 글나?

이모네 생강 농사 안됐다는 말이
이상하게 위로가 된다
우리 집 생강도 마찬가지라

엄마는

병든 것
굼벵이 먹은 것
짓무른 것

B품 생강을 고르면서
들었다
놓았다
들었다
놓았다

그렇게 몇 차례 되풀이하고야
소쿠리에 내려놓습니다

그렇게 몇 차례 되풀이하고야
마음을 내려놓습니다

8월

콩밭에 풀을 매다가
고랑에 풀썩 주저앉았다

지나는 길에 나를 보았는지
그제야 바람이 분다

늦어서 미안하다는 듯이
이마에 고인 땀방울을
휘익 휘익 털어 낸다

농부의 호주머니

고추 끈 묶는 일을 마치고
일옷을 탁탁 터는데
호주머니에서 툭
아삭 고추가 떨어졌다

도시에 살 땐
이따금 잔돈이 떨어지곤 했던
호주머니에서 툭
아삭 고추가 떨어졌다

풍경

이른 아침부터
생강밭 좁은 고랑 사이
바짝 쪼그려 앉아 풀 매다 보면
어느새 생강 잎 사이로
저녁놀이 고개를 내민다

스물여섯, 떠돌며 길을 찾는 이가
스물일곱, 한곳에 뿌리내린 이에게

김서인

서와 씨도 부산에서 태어났다고 들었어요. 초등학교를 다닐 무렵까지 부산에서 살았다고. 어쩌면 꼬꼬마 시절 엄마 손 잡고 동화책을 고르던 문우당 서점 한편에서, 휘둥그레진 눈으로 신기한 물건들을 훑던 깡통시장 어디쯤에서, 우리가 잠시 스쳤을지도 모르겠구나 생각했어요. 비슷한 또래로, 지금은 전혀 다른 삶을 사는 이지만 그래서일까요? 서와 씨가 마냥 낯설지는 않았어요. 저도 부산에서 태어나 부산에서 살았거든요. 강화도에 있는 고등학교로 진학하기 전까지는요.

지금 저는 독일 슈투트가르트에서 지냅니다. 한국에서 건축대학을 다니다가 이곳으로 건너왔어요. 주거 건축을 좀 더 깊이 공부하고 싶어서요. 누군가의 삶과 도시의 맥락을 이해하고 그 일부분을 스스로 만들어 내는 과정이란 게 참 흥미로웠거든요. 그런데 건축 공부를 해 나가며 들여다본 현장은 자본과 실리 사이에서 어떻게 하면 더 많은 이익을 남길 수 있을까가 더 중요해 보였어요. 이걸 과연 내가 평생의 일로 삼을 수 있을까, 생각이 많아졌죠. 그 즈음 우연히 발도르프사범대학을 알게 되었어요. 내가 건축을 매개로 누군가를 이해하고 창작하는 과정이 즐거운 거라면, 그것을 배우되 건축가보다 교사로서 아이들과 소통하는 일이 더 보람차고 흥미롭겠다 싶었지요. 그러고 보니 떠도는 삶이 꽤 길었네요. 걷고 또 걸어서 저는 어디쯤 닿게 될지.

그래도 괜찮아
사실 고래는 내 안에 살고 있거든
바다로
이 고래를 풀어 줄 수 있는 바다로
가기만 하면 돼

'바다 고래' 중에서

좋아하는 것을 더 많이 알고 싶어서 떠나왔지만 이곳에서도 종종 길을 잃을 때가 많아요.

특히 코로나19가 시작되면서는 떠나와 사는 삶의 어려움을 절감했지요. 독일은 코로나19가 유행하기 시작한 3월까지만 해도 마스크 낀 사람을 이상하게 쳐다보며 지나갈 정도였거든요. 코로나19가 '우한 폐렴'이라는 이름으로 더 많이 불릴 때라 동양인이라는 이유로 받아야 하는 시선이 참 견디기 힘들었어요. 그래서 정부 정책으로 온라인 수업이 시작된 뒤로는, 한국으로 돌아가 지냈지요. 5월 초 독일의 코로나 상황이 좀 진정되어 가자, 대면 강의를 시작할 테니 당장 날아오라는 연락이 닿았어요. 급히 비행기 표를 구해 2주 자가 격리를 마치고 등교했는데 교수님이 그러시더군요. "코로나양, 안녕?"

크고 작은 차별과 어려움에 지치다 보면 지나치는 모든 것이 지루하고 배우는 것들에도 흥미가 없어지더라구요. 힘든 오늘에 치여, 졸업장을 받아야 할 까닭을 꼽으면서 하루가 어서 지나가기만 기다리는 날이 갈수록 잦아졌어요. 그래도 아직은 학교 가는 길에 집을 나서 오래된 유럽식 건물들을 지나 잘 정돈된 강변을 걸을 때면, 독일살이 네 해째, 이제 조금은 익숙해진 이곳에서 누리는 여유가 새록새록 사무치지요. 이 사회 속에 완전히 속한 사람이 아닌 탓에 오히려 남들 눈치 보지 않고 나인 채로 살 수 있다거나, 조금 서툴고 느리더라도 외국인이니까 하며 이해하고 기다려 주는 따뜻한 마음들을 마주칠 때면, 이방인이라는 게 꼭 나쁜 점만 있는 것은 아니구나 싶기도 해요. 이곳에서 느끼는 충만함, 재미 같은 게 더 크니까 아직 남아 지낼 힘이 있는 건데, 매일 잊고 살아요. 서와 씨의 시를 읽으면서 그 잊고 있던 기쁨과 즐거움, 위로 들을 다시 떠올렸어요. 작고 포실한 산골 마을 속에서 하루 하루 더 깊이 뿌리내리며 잔잔히 흐르는 서와 씨의 삶은 나와 무척 멀리 있는 듯했는데, 뜻밖에도 이렇게 맞닿네요.

수수밭은 내 마음 같아
키우고 싶은 것만
키울 수 없는 마음 같아

'수수밭' 중에서

돌이켜 보면 고등학교 때도 그랬어요. 중학교 때 연극이나 밴드 동아리 활동을 재미있게 했어서, 국영수만 말고 다른 것도 배울 수 있는 곳이면 좋겠다, 늘 살던 곳에서 이참에 벗어나 보는 것도 좋겠네, 하고 강화도 시골 복판에 있는 한 대안 학교에 들어갔죠. 그런데 학교 다니면서 저는 종종 초조했어요. 다른 아이들이 책상 앞에 앉아 몇 시간이고 공부를 하는 동안 난 아무것도 안 하는 것 같아서. 그렇다고 내가 특출나게 잘난 특기가 있어서, 그 재능을 키우는 것도 아니어서. 그냥 남들 다 열심히 사는 삼 년을 뭐 제대로 이루는 것 하나 없이 허비한다는 생각에 조급하면서도, 막상 그렇다고 혼자서 무언가에 몰두하지는 않았어요. 좋은 대학 가자고 공부를 한다는 게 재밌지는 않잖아요. 대단한 것을 이루어야 한다는 욕심과 게으르게 보이더라도 여유로운 일상을 즐기고 싶은 마음이 늘 부딪혔어요.

그렇대도 나름 바쁘긴 했네요. '야자' 시간에 몰래 빠져나와 흔들의자에 앉아 멍하니 하늘의 별을 보거나, 주말에는 가끔 친구들이랑 저 멀리 외포리 바다 보러 다녀오기도 했어요. 속 깊은 이야기를 하고 싶을 때면 친구와 도란도란 시골길을 나란히 걷기도 하고요.

짧은 시간이지만 독일로 건너와 외국인으로 살면서 세밀한 감정에 무뎌졌음을 느껴요. 쉽게 감동받을 일도 없고, 어쩌다 시간이 비면 여유를 즐기기보다는 잡생각과 고민들에 오히려 복잡해지기만 하고. 그러던 중에 이 시집을 읽으면서 십대 후반, 들끓던 시절을 보낸 강화도의 기억들이 새삼 떠올랐어요. 한동안 까마득히 잊고 지내던 느긋하고 따뜻한 이웃들도. 되게 사소하고 별거 아닌데, 십 년이 다 되어 가도록 아직 생생하게 기억나는 그런 순간들.

추운 겨울날
길 지나는 낯선 젊은이에게
몸 녹일 차와
배 채울 고구마를 내어 주시는
할머니 얼굴에
환한 꽃이 피었습니다

'환한 꽃' 중에서

그 시간이 지루하다 착각할 만큼 평온할 수 있었던 건 도시처럼 서로에게 날 세우지 않은 마을 사람들 덕분이기도 했구나, 깨닫습니다. 마을 반장님은 바깥 음식을 못 먹는 학생들을 위해 늘 집에 식빵이랑 달걀을 사 두셨거든요. 선생님들 몰래 내려가 반장님 집에서 친구들과 부쳐 먹던 달걀토스트 맛이 지금도 혀끝에 맴도는 것 같아요.

독일에서도 어느새 그래요. 처음 와서는 공원을 지나다가도 동네 골목 어귀를 걷다가도, 문득 이 낯선 풍경들이 마냥 설레고 벅차서 그저 가만히만 있어도 좋고, 동네 까페 테라스에 앉아 맥주 한 잔 시켜 놓고 지나가는 사람들 바라보기만 해도 신기했는데, 그새 익숙해졌다고 마지못해 하루를 꾸역꾸역 쌓기만 했나 봐요. 덕분에 그 시간들을 다시금 되짚어 보게 됩니다. 고마워요.

농사지어 보니

농부, 아무나 하는 게 아닌걸

'농사 공부' 중에서

고등학교 때 한 평 남짓한 밭을 가꾸어야 했어요. 교칙이 그랬으니까, 자의 반 타의 반 한때나마 얼치기 농부였죠. 그런데 돌이켜 보니 삼 년이 참 한결같았네요. 감자, 고구마, 상추, 방울토마토…… 심을 때는 나중에 따 먹을 생각에 신나서 이것저것 욕심 내어 그 좁은 밭에 욱여넣고는, 일주일도 채 지나지 않아 물 주러 가는 것조차 귀찮아졌던 게.

사실 귀찮은 것과는 별개로 싫어하기도 했어요. 손톱 사이로 흙 알갱이가 들어가는 것도 싫었고, 고랑을 따라 조심히 걸어도 양말 속까지 들어간 흙을 털어내는 것도 싫었어요. 가끔 벌레라도 보일라 치면 질겁을 하며 도망치기 일쑤였고요.

그런데 농사지은 것을 먹는 일만큼은 엄청 좋아했어요. 급식에 고기 반찬이 나오면 텃밭에 올라가 상추를 따 오기도 하고, 기숙사에서 야식으로 고구마 감자를 쪄 먹기도 했어요. 이렇게 묻어만 두어도 내리는 비 맞고 잘 자라는 아이들과 달리 방울토마토나 딸기 같은 섬세한 아이들은 삼 년 내내 한 번도 열매를 보지 못했지만요. 그래 놓고 또 옆에서 가지나 오이를 따 집으로

82

가져가는 친구들을 보면 어쩐지 부러웠죠.

그래서 농사를 삶에 견준 서와의 시를 읽으면서 사실 조금 부끄러웠어요. 돌아보니, 시작은 한껏 욕심내 놓고 과정은 또 재미가 없으니까, 힘들고 귀찮으니까 하는 둥 마는 둥 내팽개친 뒤에 마지막 그 달콤한 결실만은 못내 바라 온 제 태도가 농사에서나, 삶에서나 꾸준하더라구요. 그래서일까, 매일같이 물을 주고, 잡초를 뽑으면서 열매를 거두기까지 모든 과정에 마음을 쏟고, 땀을 흘리며 하루하루를 살아가는 모습이 오래 마음에 남았어요. 농부란 누구보다 능동적으로 삶을 꾸려 가는 사람이구나, 깨달았지요. 그런 태도를 조금이나마 배우고 싶기도 했어요.

투수 김수연 선수

솔방울을 야무지게 쥡니다

타자 정구륜 선수

날카로운 눈빛으로

괭이자루를 부웅부웅 돌리고 있습니다

김수연 선수 던졌습니다

정구륜 선수우

호오오옴런!

'생강밭에서' 중에서

갈수록 더 크고 강한 자극에만 반응하고 살다가, 농사짓는 이야기라니 정말 조용하고 지루해 보였거든요. 그런데 시골에서 농사짓는 청년 농부들 몇몇이 힘든 농사일 하다 말고 솔방울이랑 괭이자루 들고 야구 놀이에 빠져 하루 해가 질 때까지 노는 모습을 떠올리자니 왠지 모를 동질감이 불쑥 솟아서 슬며시 웃음이 났어요. 쩽쩽하던 해가 뉘엿뉘엿 넘어갈 때 '아뿔싸!' 했을까, '오늘 하루 잘 놀았다!' 하고 기분 좋게 돌아섰을까 궁금하기도 했고요.

지내 오면서 속이 깊다 느꼈던 이들은 많이 배우고 말고를 떠나 사소한 것에 웃을 줄 알고 누구에게나 공감할 줄 아는 사람들이었던 것 같아요. 그런 사람들을 보면서 나는 그들보다 오 분의일, 십 분의 일 정도밖에 삶을 못 살고 있다는 생각을 해요. 내가 덩어리와 파편으로 나누어 기껏해야 효율과 성과 정도를 생각하며 시간을 빠르게 지나쳐 보낼 동안, 무수히 많은 틈에서 새로운 것을 발견하고 곱씹어 본다는 게, 똑같이 보낸 하루에 담긴 이야기의 밀도가, 비중이 다르잖아요.

《생강밭에서 놀다가 해가 진다》의 시들 덕분에 어깨너머로나마 어느 청년 농부의 진한 하루를 들여다볼 수 있었어요. 아침에 눈을 떠 집을 나서서는, 길을 가다 사람들과 마주치고 밭에서 풀을 뽑고 하늘을 보며 빛나는 별을 발견하는 그 모든 순간을 붙잡아 조금씩 모아 놓은, 긴 일기 한 편을 읽은 듯 했지요. "이래 귀한 거름" 시로 나눠 주어서 고마워요.

　감성도 없고 특히 문학엔 영 문외한이라 시집 읽을 일이 딱히 없었는데, 그냥 내가 생각해 오던 시집이라는 게 겉만 번드르르한 허깨비 같은 것이었구나, 괜히 겁먹고 거리를 뒀다 싶기도 해요. 대단하고 멋진 삶, 유식해 보이고 있어 보이는 문학작품 같은 거요. 그런데, 폼 잡지 않고 사는 이야기를 자분자분 써 내려간 시라니, 그 안 구석구석이 사실 요모조모 되게 귀엽고 재미있어서 읽는 내내 정말 즐거웠어요.

　　가뭄에 죽을힘 다해 뿌리를 내렸는데
　　자란다고 온 힘을 다했는데
　　부지런히 산다고 살았는데

　　벌레한테 갉아 먹혀
　　잎맥만 앙상히 남은 무 이파리

　　　　　　　　　　　　　　　　　'청춘' 중에서

　"잎맥만 앙상히 남은" 듯해도 흙 아래 묻힌 무 뿌리는 조용히 알을 채우고 있을 거라고 믿고 싶어요. 때가 이르러서 저마다 자신의 무를 뽑을 때, "온 힘을 다"한 우리의 시간들이 정직하게 응

답해 줄 거라고.

그 시간들이 담길 서와 씨의 다음 시집을 기다립니다. 그때까지 우리 모두 건강히 잘 지내요.

김서인은 독일 슈투트가르트에 살고 있다. 발도르프사범대학에서 초등 담임 과정을 이수하며 부전공으로 미술을 공부한다. 졸업이 얼마 남지 않았지만, 코로나19를 겪으면서 이 길이 내가 서고자 한 길일까, 자꾸만 생각이 많아진다. 해야 해서 떠밀려 가는 삶은 아니었으면 하고 바란다. 자신이 원하는 길을 찾기 위해, 스스로 책임질 수 있는 사람이 되기 위해 하루하루 애쓰고 있다.

상추쌈 시집 02

생강밭에서 놀다가 해가 진다

글 서와 (김예슬)
표지 그림 김병하

초판 1쇄 펴냄 2020년 11월 25일

편집 서혜영, 전광진
인쇄·제책 상지사 P&B
도서 주문·영업 대행 책의 미래 전화 02-332-0815 | 팩스 02-6091-0815

펴낸 곳 상추쌈 출판사 | **펴낸이** 전광진
출판 등록 2009년 10월 8일 제 544-2009-2호
주소 경남 하동군 악양면 부계1길 8 우편번호 52305
전화 055-882-2008 | **전자우편** ssam@ssambook.net
누리집 ssambook.net

이 도서는 한국출판문화산업진흥원의 '2020년 우수출판콘텐츠 제작 지원'
사업 선정작입니다.

ISBN 979-11-90026-03-1 03810
CIP 2020048588 (http://seoji.nl.go.kr)